JONAS RIBEIRO

Deu a louca no guarda-roupa

ilustrações de Suppa

Dados Internacionais de Catalogação na Publicação (CIP)
(Câmara Brasileira do Livro, SP, Brasil)

Ribeiro, Jonas
 Deu a louca no guarda-roupa / Jonas Ribeiro ;
ilustrações de Suppa. — São Paulo : Editora do Brasil, 2008.

 ISBN 978-85-10-04408-0

 1. Literatura infantojuvenil I. Suppa. II. Título.

08-08120   CDD-028.5

Índices para catálogo sistemático:
1. Literatura infantil   028.5
2. Literatura infantojuvenil   028.5

© Editora do Brasil S.A., 2008
Todos os direitos reservados

Texto © Jonas Ribeiro
Ilustrações © Suppa

Direção-geral	Vicente Tortamano Avanso
Direção editorial	Cibele Mendes Curto Santos
Edição	Felipe Ramos Poletti
Coordenação de artes e editoração	Ricardo Borges
Auxílio editorial	Gilsandro Vieira Sales
Revisão	Eduardo Passos e Camila Gutierrez
Diagramação	Regiane de Paula Santana
Digitalização de imagens	Pix Art
Controle de processos editoriais	Marta Dias Portero

1ª edição / 13ª impressão, 2025
Impresso na A.S. Pereira Gráfica e Editora Ltda

Avenida das Nações Unidas, 12901
Torre Oeste, 20º andar
São Paulo, SP – CEP: 04578-910
Fone: + 55 11 3226-0211
www.editoradobrasil.com.br

Para os bibliotecários, os editores e os livreiros...
que perpetuam a poesia de nossas vidas...

Para as empregadas domésticas, as diaristas e as passadeiras...
que fazem tanta poesia em nossas vidas...

E para a Ana Lúcia Brandão...
que tanto gosta de livros...

Sumário

1. A loja de Pierre la Fonfon 9
2. O guarda-roupa Douglas 13
3. A sonhadora Lu Peixinha 17
4. Cheiro de confusão 23
5. Uma boa pista 27
6. O salto do tigre 33
7. Por um triz 37
8. Um beijo no consultório 43
9. Os preparativos 49
10. Deu a louca no guarda-roupa 55
11. Marta Lagarta 61

Sétimo Céu

1

A loja de Pierre la Fonfon

DONA ANTÔNIA tira a caminhonete da garagem estreita e vai ao supermercado. Enche o carrinho com produtos essenciais, supérfluos e guloseimas, e paga no caixa. Ajeita cuidadosamente as sacolas na carroceria e toma o rumo de casa. Gostar mesmo de ir ao supermercado dona Antônia não gosta; mas, em compensação, a volta é um regalo, um verdadeiro prazer, a ponto de dona Antônia reduzir a velocidade da caminhonete só para a volta ficar mais demorada. Tudo isso porque no caminho ela passa em frente à loja de roupas mais fina da cidade. A sua sorte é que o farol sempre fecha e ela pode ficar um tempão namorando as roupas na vitrina. Mesmo assim não se contenta, faz questão de dar outra volta no quarteirão e ficar um tempo ainda maior paquerando as roupas.

Claro que dona Antônia sonha em vestir tudo aquilo. Mas cadê a coragem para entrar na loja Sétimo Céu – Roupas Finas e Acessórios? Ah, quantas e quantas vezes o farol abriu e ela continuou olhando, só acordando com as buzinas dos carros. Se ao menos a loja não tivesse um nome tão majestoso e se chamasse Segundo Céu ou quem sabe Terceiro Céu! Mas entrar numa loja de nome Sétimo Céu logo de cara, sem passar pelo primeiro, pelo segundo, já é demais. Com um nome assim, eles podem enfiar a faca que qualquer madame pagará de bom grado, sem chiar. Sem dúvida, um ambiente para ser frequentado somente por mulheres da mais altíssima sociedade.

Essas suas cismas só duram até o dia em que, voltando do supermercado, ela vê o manequim do canto esquerdo vestindo uma blusa amarela de renda. Uma blusa sem mangas com um decote parecendo taça de vinho. Uma blusa deslumbrante, como nunca viu em todas as páginas de revistas de moda que folheou. Antônia fica hipnotizada, esquecida de tudo e mergulhada no incontrolável desejo de ter aquela blusa amarela de renda. Desta vez, os carros buzinam, cansam de buzinar, e ela não acorda. Nem se importa com a fúria dos motoristas que colocam suas cabeças para fora dos carros e xingam. Nada a incomoda. Está banhada de prazer, de luz, pelo desejo de comprar aquela blusa amarela de renda. Estaciona em cima da calçada, sai toda esbaforida da caminhonete e entra na loja, deixando para trás as buzinas e os motoristas enfezados.

Dona Antônia não acredita quando as suas mãos empurram a porta e ela ouve um sininho badalando. E não acredita também quando seus pés pisam o tapete vermelho da Sétimo Céu. No mesmo instante aparece um homem magro, alto, com um fino bigode virado para cima, fazendo duas argolinhas para dentro e usando uma boina vermelha meio de lado e um lenço azul-marinho no pescoço.

— Bom dia, senhora, meu nome é Pierre la Fonfon. Se preferir pode me chamar de Fonfon ou Fon. Só Fon. Bem... não foi para isso que a senhora veio aqui, não é mesmo? Rá-rá-rá-rá-rá-rá... Fique à vontade e não faça cerimônia. A loja é toda sua. Bem, senhora, quer dizer, querida, agora que somos amigos, em que posso ajudá-la? Aliás, qual a sua graça?

— Muito prazer, me chamo Antônia. Se quiser, pode me chamar de Tonica ou Nica. Só Nica. Ru-ru-ru-ru-ru-ru... Seu Fonfon, por gentileza, eu quero saber o preço daquela blusa amarela de renda, a do manequim do canto...

— Ora, Nica, não me chame de "seu". Por acaso eu sou seu? Rá-rá–rá-ru-ru-ru... Me chame só de Fonfon. Prefiro, fica mais simples, mais direto, mais...

Do instante em que dona Antônia entrou na loja até aquele minuto, não havia tirado a mão do queixo de tão impressionada com a beleza de tudo. Daí, mais descontraída, vai relaxando o corpo, soltando-se, deixando a mão escorrer para a cintura e Pierre la Fonfon vai vendo um broche com uma medalhinha de uma mulher de lado, colada por cima de uma pedra rosada. Um broche preso bem no meio do decote da blusa de dona Antônia. Sem dúvida, é um camafeu, um lindo camafeu.

— Nossa, Tonica, onde você conseguiu um desses?
— Ah!! O camafeu?!?
— Sim.
— Como eu e meu marido temos um antiquário, foi fácil consegui-lo. E depois já faz um tempinho que...

— Você gostou mesmo da blusa amarela?
— Bem... eu...
— Quer trocar a blusa pelo camafeu?

Antônia responde com um tremendo de um sorriso. Sem pensar, abre o broche com tamanha rapidez que quase espeta o dedo no alfinete. Coloca o broche na mão do Fon e ele corre para retirar a blusa amarela de renda do manequim. Fon acomoda a blusa numa caixa, recorta um pedaço de papel de seda branco, põe por cima da blusa, coloca a tampa e despede-se de Antônia, ora olhando para o camafeu, ora olhando para o sorriso de alegria da sua mais nova freguesa.

2

O guarda-roupa Douglas

ANTÔNIA chega em casa, nem retira as compras da caminhonete, corre para o seu quarto. Na pressa, rasga, destrói toda a caixa e veste a blusa amarela de renda. Olha para o espelho, sorri, olha de lado e faz pose de mulher entojada. Finge estar sendo fotografada, joga um charme e faz biquinho com os lábios. Uma alegria sem fim, de vestir a blusa de renda amarela mais linda do mundo.

E para evitar que amarrote mais, Antônia dobra a blusa com carinho e escolhe um lugar especial para ela no guarda-roupa: a gaveta das blusas de festa. A alegria é tão grande, que até o final da tarde dona Antônia abre umas cinco vezes a tal gaveta. Não se cansa de olhar para a blusa amarela. As outras roupas ficam com um certo ciúme, mas acabam gostando da amiga fina, educada, de tão boas maneiras.

Já à noite, pelo vão da porta do guarda-roupa, as roupas observam seu Eduardo levantar-se da cama para apagar as luzes do corredor e do quarto. Depois de uns dez minutos, as roupas finalmente começam a ouvir os roncos do casal. Seu Eduardo ronca como um serrote e dona Antônia ronca suave, como um passarinho.

Tão logo os patrões caem no sono, as roupas e os calçados iniciam o falatório. Um tal de fazer mexericos de passeios, odores e vitrinas da moda, comentar que fulano encontrou beltrano vestido assim e assado, todo descombinado, que ultimamente a empregada Lu Peixinha anda com a mão pesada, estabanada e distraída, esquecendo de passar pregas e até colarinhos. E como a Peixinha não dá atenção mesmo para nenhuma das roupas e nem sequer engraxa nenhum dos calçados, todos vivem inventando apelidos e se divertindo muito às custas dela. Chamam-na de Xô Sardinha, Égua-Marinha, Tartaruga Aquática, Lesma-do-Mar e uma porção de outros apelidos.

E, em pleno falatório, Leda, a meia de seda com listras de zebra, olha para a sandália de verniz, Amália Beatriz, e não aguenta, chora as pitangas para a amiga:

— Sabe, Amália Beatriz, eu me sinto terrivelmente sufocada com essa coisa de nos separarem dessa forma: roupas de mulher de um lado do armário e de homem do outro lado. Por que só podemos paquerar nos cestos e nas máquinas de lavar e de secar? Por quê?

— Ah, Leda, você diz isso porque é uma peça de roupa. Pelo menos vocês podem se encontrar nas máquinas de lavar e secar. E nós, os calçados? Saímos só para trabalhar nas esburacadas calçadas, e quando os bonitões resolvem fazer a famosa faxina do ano. Não bastasse isso, ainda sofremos o risco de ser doados ou assistir à partida de nossos parentes queridos para o brechó da dona Clementina.

— Não, não é fácil assistir à ingratidão dos patrões sem poder fazer nada, nadica de nada. Para você ver, Amália Beatriz, esses dias, o pijama vinho Dinho Pirama encontrou a senhora Lola Silveira, a camisola estrangeira, no chão da área de serviço. A coitada trabalhou tanto e acabou virando pano de chão. Aguentou a vida inteira a suadeira da dona Antônia e o ronco de serrote do seu Eduardo. E tudo isso para quê? Me diz? Só sei que nada mais consola o coração partido do pijama Dinho.

— Não diga que eles tiveram a pachorra de fazer isso com a Lola Silveira! Uma camisola distinta daquele jeito e que caía com perfeição no corpo da dona Antônia... Olha, Leda, dá vontade de chorar de pensar no pobre do pijama, que terá de viver sem os carinhos e a companhia da camisola que ele tanto amava.

— Pois é, sandália Amália Beatriz.

As roupas não desligam, estão com a corda toda, os calçados falando mais do que o normal. O guarda-roupa Douglas pigarreia para ver se todos se tocam e eles nem dão bola. Douglas pigarreia mais alto um ram-ram e as roupas só querem saber de falar, os calçados só querem saber de pôr a conversa em dia. De repente, Douglas berra.

— SILÊÊÊNNNCCIOOOO!!!!!

As roupas e os calçados se calam, assustados.

— Seguinte, pessoal. Hoje tivemos o prazer de receber uma nova amiga que ficará morando aqui conosco. E, por ela ser uma blusa amarela de renda, eu a batizo com o nome de Brunela Alvarenga. A partir de hoje, blusa amarela de renda, você atenderá somente pelo nome Brunela Alvarenga.

Os calçados aplaudem, assobiam, e as roupas, mais sensíveis, até choram.

— Obrigada, Douglas. Adorei o nome.

— Seja bem-vinda entre nós, Brunela.

Daquele dia em diante, Brunela passa a ter o maior respeito pelo Douglas. Aliás, todos os que moram dentro dele sentem um respeito imenso pelo sábio guarda-roupa.

Afinal de contas, Douglas não é um armário qualquer. É uma peça única, entalhada à mão, com mais de oitenta anos de idade, feito com o tronco de um velho ipê-amarelo e com quatro elegantes pés também entalhados à mão e chamados de patas de leão. Um charme de guarda-roupa, o Douglas. Um presente de casamento que a avó do seu Eduardo ganhou de um padrinho marceneiro. O pai do Eduardo vivia dizendo:

— Toda casa deve conter objetos e mobiliário que pertenceram aos antepassados. Desse modo, conservamos as raízes e a história dos nossos familiares, guardando seus documentos, caligrafia, alguns objetos, além de colocá-los em porta-retratos ou de guardá-los em grossos álbuns de família.

Tanto é assim que, quando o Eduardo Neto casou, seu pai, o Eduardo Filho, chegou para ele e disse:

— Filho, agora que você vai se casar e morar em sua própria casa, tem que escolher um móvel antigo de nossa casa para levar com você, porque uma casa sem memória é como uma casa sem janelas, sem livros, vazia, erguida do nada, sem um passado.

— Então, eu escolho o guarda-roupa que foi da vovó.

Antônia adora o presente do sogro e não deixa passar um dia sem dar ao menos uma espanadinha de leve no guarda-roupa. Uma relíquia de família, afirma seu marido, o Eduardo Neto. A partir disso, o casal começa a dar tanta importância para esse negócio de a casa ter memória, um passado, que troca o carro de passeio por uma caminhonete e monta um antiquário onde, além de vender, também faz trocas com móveis e objetos velhos, cheios de histórias da família e da época a que pertenceram. Foi a forma que os dois encontraram de passar esse gosto para os outros.

E é por isso que as roupas guardam o maior respeito pelo guarda-roupa. Porque Douglas é o mais velho e porque tem muitas histórias para contar.

3
A sonhadora Lu Peixinha

Lucimar Peixoto. Eis o nome da empregada distraída e estabanada de quem as roupas tanto reclamam. A dona das mãos pesadas para lavar, passar e dobrar. Lucimar faz questão de que todos a chamem de Lu Peixinha, um apelido de infância, porque ela adorava a praia e nadava como um peixinho. Uma pena que essa época passou. E mesmo a infância passando e os anos continuando a passar, ano atrás de ano, o seu sonho continuou o mesmo. Mas um dia, quem sabe, ela ainda realizará o sonho de ter uma casinha em frente à praia e ver o mar todas as tardes.

E como o seu sonho está demorando muito para acontecer, a empregada Lu Peixinha tomou gosto de ver os sonhos dos atores e das atrizes nas novelas. Não perde por nada os capítulos e se recusa, terminantemente, a trabalhar entre seis e oito horas da noite. Em frente à televisão, nem pisca, parece que vai engolir os atores, as casas bonitas dos atores, o controle remoto, a mesinha e o tapete. É um horário sagrado, um horário só seu.

Já faz quase cinco anos que a Peixinha trabalha para dona Antônia. No começo, ela caprichava, dava um duro lascado. Hoje em dia, ela só dá um tapa na casa. E, depois de lavar a louça do almoço, descansa as pernas no sofá da sala até a hora das novelas. Quando o negócio é passar roupa, Nossa Senhora! Ela passa um cesto cheinho em menos de meia hora. Passa que nem o nariz. Só para sobrar mais tempo sem ter o que fazer. Mas como a Peixinha é gente boa e de confiança, ela garante o emprego, empurrando o serviço da casa com a barriga.

A vidinha da Lu segue bem pacata até o dia em que a correia da máquina de lavar arrebenta. Como a máquina é nova e está dentro da garantia, dona Antônia liga para a assistência técnica. E naquela mesma tarde mandam um técnico verificar o tamanho do estrago.

— Entre, por favor. Aceita um copo-d'água? Está tão quente que não sei como vocês conseguem trabalhar nas ruas o dia todo. Qual o seu nome mesmo?

— Arthur, o bom dos bons, o bombom.

— Quê?!?

— Nada não, senhora. Onde fica mesmo a máquina de lavar?

— Por aqui... cuidado com o degrau... Olhe, é esse trambolho aí. Fique à vontade. Eu tenho de resolver uns pepinos, mas vou chamar a Peixinha para ficar com o senhor.

— Pode confiar, dona Ambrósia.

— ANTÔNIA!!

— Ah, sim, dona Antônia. Onde estou com a cabeça?

Arthur coça a orelha, tentando diagnosticar logo de saída o problema da máquina. Boa gente, o Arthur. Usa gel nos cabelos e um perfume tão forte que dá para sentir da esquina. Tem uns olhos tão azuizinhos que lembram os olhos de um galã saído da novela das sete. Um azul da cor do mar em dia de chuva. A única coisa que estraga o Arthur é a mania de usar uma bombinha contra mau hálito. A todo instante ele abre a boca e lança uma bombadinha. Pela cara que faz dá para perceber que dentro da sua boca fica uma sensação refrescante, um hálito muitíssimo agradável.

— Peixinha, Peixinha, venha cá um pouco.

— Já vou, dona Antônia.

— Peixinha, não desgrude os olhos do técnico, antena ligada. Qualquer coisa, eu e o Eduardo estamos no antiquário.

— Pode deixar, patroa.

Em seguida, ouve-se o portão automático da garagem bater e a caminhonete de Antônia dar a partida. Quando a Peixinha entra na área de serviço, vê os olhos do Arthur e o Arthur vê a Peixinha pela primeira vez, os dois levam um susto. Susto de amor à primeira vista. Os dois perdem o rebolado, ficam sem ação, bobos. Ela quer mergulhar nos olhos do Arthur e ficar nadando, sem hora para sair. Ele quer que ela mergulhe em seus braços e que desse mergulho saia um abraço. Arthur sabe que tem de falar alguma coisa. Peixinha quer dizer um pensamento entalado dentro dela. Finalmente ele quebra o clima, pega nas mãos da Peixinha e diz:

— Que peixinha que nada, você é uma tremenda de uma sereia!

— E você é o mar, o meu mar, o mar que conhece a praia onde fica a casinha dos meus sonhos.

— E você, a sereia que conquistou a minha praia.

Peixinha e Arthur embalam numa conversa tão melada que nem percebem o tempo passar. Arthur decide que vai inventar para dona

Antônia que está faltando uma mola fundamental na máquina e que ele vai ter de voltar amanhã. E depois, quanto mais ele enganar dona Antônia, mais tempo ele e a Peixinha passarão juntos.

No dia seguinte ele volta, demora um tempão encaixando a mola e diz que está faltando a correia. Promete voltar no outro dia sem falta.

E no outro dia ele volta. Dona Antônia fica preocupada com o preço que terá de pagar pelo conserto.

— Mas, Arthur, você tem de falar se a garantia vai cobrir todas essas peças que você anda trazendo. Senão, no final do serviço, você chega com uma conta absurda e o que a gente faz?

— Calma, dona Ambrósia, que...

— ANTÔNIA!!!

— Ah, sim, dona Antônia. Como hoje eu esqueci uma tarraxa fundamental, terei que voltar amanhã para acabar o serviço. Daí, eu verifico para a senhora se há algum valor extra.

— Essa conversinha está cheirando a tramoia...

— De forma alguma, do... na... dona...

— Antônia, filho de Deus! An-tô-nia!! Entendeu?

— Entendi. Fique calma que amanhã a sua máquina estará funcionando normalmente.

Exatamente às oito horas do dia seguinte ele aperta a campainha. Um Arthur mais perfumado do que o normal, segurando um maço de flores e uma caixa de bombons.

— Bom dia, do-na An-tô-nia. Trouxe a tarraxa que estava faltando. Agora basta parafusar e pronto.

— Quero só ver. Mas para quem são essas flores e esse presente?

Arthur abre a boca, bomba o tubinho de hálito agradável e exibe os dentes, todo orgulhoso de seu hálito sabor cereja.

— Não está sabendo? Hoje é o Dia Internacional da Empregada Doméstica. Por isso eu trouxe as flores para a Peixinha.

Desconfiada das flores, do jeito diferente do Arthur falar, dona Antônia finge ir para a sala e fica atrás da porta, ouvindo os dois fazendo uma declaração de amor superestranha, sem pé nem cabeça.

— Estava com saudade, minha tortinha de kiwi com castanha de caju.

— Eu também, meu filé *mignon* com molho de *champignon* e manjericão.

— Vem cá e me dá um beijinho, minha empadinha de palmito e camarão...

— Fala de novo... fala... mais alto...

— Minha empadinha de palmito e camarão...

— Repete outra vez... alto...

— MINHA EMPADINHA RECHEADA DE PALMITO E CAMARÃO...

Dona Antônia fica indignada. Quer dizer que estava sendo tapeada o tempo todo? Mas quando ela vai interromper a conversa, partir pra ignorância e botar os dois pra correr, a campainha toca. Antônia corre para atender a porta e depara-se, para seu espanto e infelicidade, com dona Julieta, a mais fuxiquenta vizinha das redondezas. A vizinha faladeira resolve contar um "causo" que parece não querer acabar. E ela ainda enfeita o pavão dos acontecimentos, escolhe palavras pomposas e coloca um certo suspense, um ar de mistério, no tal "causo". A todo instante, dona Antônia consulta o relógio e a outra nem se toca de que está sendo inconveniente.

— Ah, sei... sei... Acabou? Tem mais? Sei... hum... sei... hum...

Dona Julieta não dá trégua. Com certeza engoliu um papagaio, aquela manhã.

— Então, dona Antônia, não pense que o "causo" acabou por aí porque patati-patatá... patatá-patati... Pena que hoje estou com uma certa pressa porque marquei acupuntura com o meu médico chinês, senão eu entrava e contava todo o resto. Mas eu prometo para a senhora que amanhã venho tomar café da manhã com vocês e só vou embora lá pelas três da tarde...

— Pelo amor de Deus, dona Julieta!! Não faça isso. Amanhã não vai ter ninguém aqui em casa e nem lá no antiquário. Temos de ir visitar uma tia do Eduardo no interior. Sabe, ela não anda bem de saúde...

— Não faz mal, venho outro dia ou dou uma ligadinha mais tarde...

— Não repare se cair a ligação porque meu telefone anda tendo uns engasgos esquisitos. A senhora sabe como são essas coisas...

— E como sei... Um beijo, dona Antônia.

— Outro, dona Julieta. Mande lembranças para o seu Arnaldo.

— Mando sim, dona Antônia.

Mas que dia tumultuado! Finalmente a Antônia pode fechar a porta. Volta para a cozinha e surpreende a sua empregada e o técnico fazendo um baita banquete com o seu jantar de gala, a lagosta e o risoto de camarão que preparou para uma ricaça que estava quase comprando um aparelho de jantar da Companhia das Índias do século XVIII e um oratório mineiro do século XVII.

— Sinto muito, patroa. Nós começamos a conversar sobre comida e a conversa abriu o nosso apetite. Mas... não faça cerimônia... sente–se e coma conosco, não é Arthur?

— É sim, dona Ambrósia. Sem preconceitos.

— ANTÔNIA, seu engolidor compulsório de bombinhas para hálito!!

Aquele "Ambrósia" cai torto nos ouvidos da Antônia, é a gota-d'água.

— Pronto! Chega! Dou um minuto, Lucimar Peixoto, para você arrumar suas tralhas e dar no pé. E quanto a você, trate de juntar suas ferramentas e sair desta casa sem nem um tostão furado. E agora, o que vou servir para a madame Fluflu Glugluglu? E o que vou falar para o meu marido?

A empregada ainda tem o topete de perguntar se ela pode voltar de vez em quando para assistir às novelas das seis, das sete e das oito.

— Tenha a santa paciência, Lucimar.

— Também a senhora nunca mais vai comer as carolinas com glacê de caramelo que eu faço.

— Vai com Deus, minha filha. Você, suas carolinas e esse seu namoradinho que não para de bombear essa geringonça.

— Mas a senhora não disse que ia ser a madrinha dos meus filhos?

— Mas isso foi antes dessa cachorrada.

— Dona Antônia, não fale assim comigo. Foi a senhora mesma que pediu para eu não desgrudar os olhos do Arthur e agora...

— Meu Deus, onde já se viu tanta falsidade junta!

— Dona Antônia, não fale assim... o Arthur vai até me comprar uma casinha na praia.

— Tomara que seja uma casinha bem longe daqui.

— Está vendo, Arthur, como ela é um doce de pessoa?

Feliz da vida, Lu Peixinha coloca a sua mochila nas costas e monta na garupa da moto do galã da assistência técnica. E, ainda por cima, parte dando uma risada de quem acaba de ganhar na loteria federal e, com o dinheiro, vai comprar uma casinha na beira da praia.

4
Cheiro de confusão

Um ano e meio depois, quando o trauma de empregada já tinha passado, dona Antônia coloca uma plaquinha na porta da sua casa. "Precisa-se de empregada que não goste de assistir a novelas". Quinze minutos depois, uma mulher, segurando duas malas, bate à sua porta, toda simpática e bem disposta.

— A senhora ainda precisa de empregada?
— Continuo precisando.
— Mas aí é uma casa de família, não é?
— É.
— Então, eu fico.
— Você tem boas referências?
— Tenho. E, antes que a senhora pergunte, não gosto de ver novelas.
— UUUFFA… Qual o seu nome?
— Maria Andorinha.
— Era só o que me faltava: largo uma peixinha para pegar uma…
— Como?
— Bobagem minha…
— Mas e o da senhora, qual é?
— O quê?!
— O nome.
— Antônia. Estão pesadas?
— Mais ou menos…
— Me dá essa outra que você está mais cansada. Vamos entrando.
— Pegue com as duas mãos… isso…
— Nossa, você carrega chumbo aqui dentro?
— Carrego a música, minha paixão. Sabe, dona Antônia, eu não sou muito de curtir novela. Meu negócio mesmo é a música. Mas pode ficar sossegada que eu tenho o meu próprio aparelho e meus CDs e não vou ficar mexendo nas coisas da senhora. Deixa eu abrir a mala para a senhora ver. Olha aí quanta coisa e tudo em ordem alfabética.

Adoro ser organizada. Desde cedo aprendi organização com minha mãe. Que Deus a tenha em um bom lugar.

Antônia fica pasma com o que vê.

— Virgem Santa, Andorinha, quanto CD... Estes aqui são da letra R. Raul Seixas, Ravel, Ray Charles, Ray Conniff, Renato Russo, Rita Lee, Rita Pavone, Roberta Miranda, Roberto Carlos, Roberto Leal... Mas que infinidade de discos! Deve ter uns duzentos...

— Mais precisamente duzentos e onze.

— Pelo menos você tem com o que se distrair.

— Tem razão.

Naquela mesma manhã, Antônia pega Maria e lhe apresenta todos os aposentos da casa, explica de que jeito gosta das coisas e uma série de outros detalhes. A empregada fica maravilhada com o tamanho do quintal.

— Que beleza de quintal. Dá para fazer uma festança. Já estou até imaginando que festança linda. E olha só o tamanho desses ipês-amarelos e que graça essas flores-de-lis vermelhas. Parece um paraíso a casa da senhora. Dá vontade de sentar e ficar olhando, só olhando.

Maria, toda entusiasmada, promete deixar tudo um brinco. A patroa torce o nariz e faz uma cara azeda, querendo acreditar e ao mesmo tempo desacreditando, achando que é tudo fogo de palha de primeiro dia de trabalho. Ledo engano, porque as semanas passam e a qualidade do serviço só melhora.

Uma tarde, Maria resolve passar lustra-móveis no antigo guarda-roupa e retira tudo o que há dentro dele. Passa pano, esfregão, palitinho nos cantinhos e sai um montão de poeira. O lustra-móveis dá uma fragrância deliciosa para o guarda-roupa. Antônia, entusiasmada, aproveita que está tudo para fora e começa a separar umas roupas mais batidas para o brechó da dona Clementina.

— O quê?!? A senhora vai vender essas roupas boas para o brechó? De jeito nenhum! Deixa aí que eu já dou um jeito. A senhora guardou os botões dessas camisas?

— Naquela caixinha ali.

É uma caixinha de música com gargantilhas, pulseiras, abotoaduras, broches, anéis, brincos, presilhas e botões perdidos, que há muito tempo caíram de uma ou outra camisa social e que precisam ser pregados. Maria conta quantos botões faltam, vê quais são os tipos de que as camisas precisam e separa a quantia certa. Aproveita o pique e ocupa o resto da tarde pregando os botões, reforçando alguns que estão quase caindo e cerzindo pequenos rasgões. Até troca uma palavrinha com as roupas e os calçados. Além disso, para a alegria dos calçados, esvazia as sapateiras e os coloca no quintal para tomar um ar. E mais ainda: a Andorinha tem o romantismo de intercalar sapato de homem com sapato de mulher. Diz, entre risos, que assim eles ficam mais felizinhos e arejados. Abre as latas de graxa e, enquanto vai escovando sem pressa sapato por sapato, sandália por sandália, bota por bota, vai cantando músicas alegres e lembrando de bons momentos que viveu em seu passado tranquilo.

O guarda-roupa Douglas fica uma joia e as roupas ficam emocionadas com tanta poesia e carinho. Que diferença da Lu Peixinha. Os calçados nem estão mais acostumados com uma lustradela.

Com isso, as roupas começam a fazer alguns pedidos para Maria Andorinha:

— Maria, por favor, não suporto mais esta gaveta entulhada de naftalinas. Sou um pouco alérgica a naftalinas.

— Quer morar na gaveta de cima?

— Pode ser.

O colete de lã Laerte Oirã também não deixa por menos:

— Andorinha, você promete que quando cair o meu primeiro botão, vai costurá-lo de volta? Sou tão vaidoso, Andorinha. Sei que não deveria me preocupar tanto assim com a aparência, mas não gostaria de perder a elegância na minha velhice, acabar os meus dias pendurado numa arara do brechó da dona Clementina.

— Pode deixar, senhor Colete de Lã, reforço todos os seus botões agora.

E muitos outros pedidos e caprichos ela atende naquele final de tarde.

Ela está começando a entender o mundo das roupas e dos calçados daquela casa. Algo lhe diz que tudo aquilo não vai acabar só em uma boa amizade. Há um cheiro no ar de confusão, de complicação. Talvez seja melhor não dar muita trela para os moradores do guarda-roupa, ou talvez seja justamente o contrário. Andorinha, meio encafifada, encerra o serviço e retira-se para o seu canto a fim de ouvir música e mandar aqueles estranhos pensamentos embora da sua cabeça.

5
Uma boa pista

Andorinha, me empresta aquele CD da Zizi Possi que tem aquela música "A paz"?

— A senhora devolve?

— Claro.

— Mas depois coloca na ordem.

— Deixa comigo. Ah, outra coisa! Você viu a minha blusa amarela, a de renda?

— A Brunela Alvarenga?

— Desde quando roupa tem nome, Maria Andorinha? Desça das nuvens e pare de sonhar. Estou perguntando da minha blusa de renda, a amarela.

— Deve estar para passar. A senhora não tira a Brunela do corpo e ainda quer que ela esteja lavada e passada? Nunca vi encasquetar tanto assim com uma blusa. Ah! Lembrei! Eu a coloquei na segunda gaveta, por engano.

Desaforo. Dona Antônia deixa a cozinha e, pensativa, atravessa o corredor que dá para o seu quarto. "Ai... ai... agora essa... ter de aturar outra empregada que vive no mundo da lua. Será que é caso para psicólogo? Vê se pode? Brunela Alvarenga... Sei não... É... no fundo ela tem uma certa razão... estou andando muito com a blusa amarela de renda. Não queria deixar de usá-la. Já sei! Matei a charada! Vou tingi-la de vermelho. Assim ela fica um laranja mais escuro e laranja é uma cor que eu adoro." No mesmo minuto, Antônia abre a agenda e disca para a tinturaria O Salto do Tigre. Pede para virem buscar uma blusa amarela para tingir e um terno do Eduardo para passar.

Três horas depois, Antônia ouve o barulho da perua da tinturaria manobrando em frente à sua casa. Vai até o guarda-roupa e pega a blusa sem desdobrá-la. As roupas femininas estranham, porque toda vez que dona Antônia ia vestir uma delas, já retirava a peça de roupa desdobrando as mangas, abanando e esticando bem para saírem as marcas do ferro. E por que desta vez havia sido diferente? Dona Antônia nem tinha o hábito de emprestar suas roupas para as amigas! Para onde estaria indo a Brunela? Para o brechó da dona Clementina? Ou para o chão da área de serviço, como a camisola estrangeira Lola Silveira?

O filho do tintureiro olha bem nos olhos de Antônia e pergunta:

— Tem certeza de que a senhora quer vermelho? Não pode ser um verde-abacate, um azul-piscina-olímpica ou um...

— Não desconverse, senhor Min Mang Mung, tem de ser vermelho mesmo.

— Vermelho, vermelho mesmo, não vai ficar, porque aplicar vermelho em roupa amarela sempre acaba dando um tom alaranjado. Serve um laranja meio acastanhado? Os costureiros famosos estão dizendo na televisão que essa cor é a última moda em Paris.

— E é justamente essa cor que eu quero: laranja. Ah, o Pierre la Fonfon vai adorar saber.

— Quem?

— O dono da Sétimo Céu.

— Aquela loja de roupas finas?

— Exatamente. Foi lá que comprei esta blusa amarela. Pode ser, então, esse laranja puxando para o castanho. Muito obrigada, Min Mang Mung. Mande um abraço para o seu pai, o Chin Chan Chun.

— Obrigado, dona Antônia, mandarei sim. Só que, desta vez, vou demorar um pouquinho mais para trazer porque estamos cuidando de todos os uniformes daquele campeonato de futebol entre bairros.

— Tudo bem.

Passa uma semana e nem sinal do Min Mang Mung. As roupas femininas estranham a demora da Brunela em voltar para a gaveta e ficam intrigadas, alvoroçadas. Algumas chegam a ir para o cesto de roupas sujas, para as máquinas de lavar e de secar, para a tábua de passar, mas nada descobrem. Até as toalhas que atravessam a noite secando no varal Percival não notam nenhum movimento estranho na área de serviço, e nem mesmo o xereta do Percival viu da janela a Brunela rondando pelas bandas do quintal.

No oitavo dia, dona Antônia levanta indisposta e prefere não ir para o antiquário. Quando vai despedir-se de seu Eduardo no portão e lhe dá um demorado abraço, a blusa Vanusa, que ela está vestindo, conta tudo rapidinho para o Nelson Odilon, o casaco marrom de seu Eduardo, e pergunta se as roupas masculinas haviam visto a Brunela Alvarenga durante a semana. O casaco fica de informar-se melhor com os colegas à noite, quando voltar para o cabide.

Nelson Odilon consegue pouca coisa com os colegas e todos resolvem, por unanimidade, levar o caso para o sábio Douglas. O guarda-roupa nem precisa pensar, como se a resposta já estivesse pronta, na ponta da língua.

— Só há um jeito. Amanhã pediremos ajuda para a Maria Andorinha.

No dia seguinte, quando a Andorinha abre a porta do Douglas com uma pilha de roupas passadas, o cabide Aristides pergunta:

— A Brunela está aí no bolo?

— Não, Aristides.

— Por favor, Andorinha, você tem que nos ajudar. Estamos todos preocupados com o desaparecimento da Brunela. Já verificamos nos bidês, nos cestos, nas máquinas, na área…

— Engraçado, faz mais de uma semana que a patroa não veste a Brunela.

— Procure para nós, Andorinha.

— Fique despreocupado, Aristides, vou revirar a casa.

— Não se esqueça de nos manter informados.

— Combinado.

Andorinha sente novamente aquele cheiro de confusão no ar. Mas como está envolvida até o pescoço com as roupas, não faz sentido fugir da raia. Andorinha ergue a cabeça e, sem ficar filosofando e divagando acerca do assunto, começa uma intensa faxina pela casa. Dona Antônia desconfia:

— Nossa, como você anda elétrica. A casa não vai fugir do lugar, Maria.

— Ai, dona Tonica, esse calor me deixa agitadíssima e eu desconto toda essa agitação no trabalho.

— Sei não… sei não…

Andorinha vira a casa de pernas para o ar e nem sinal. Cansada e esbaforida da exaustiva procura, a empregada vai à cozinha beber um copo-d'água e vê na porta da geladeira a nota fiscal da tinturaria, presa por um ímã.

1. TINGIR BLUSA – LARANJA.

2. PASSAR TERNO.

Na hora a Andorinha conta para as roupas. E todas se mostram chocadas com a decisão da patroa. Não pode ser. Douglas recupera a voz que havia perdido após o choque que a notícia lhe causou e consegue falar.

— Andorinha, a Brunela Alvarenga não pode ser tingida. Se isso acontecer ela perderá toda a sua personalidade e não poderá mais ser chamada pelo próprio nome. Será terrível para ela esta...

Nelson Odilon interrompe a conversa e desabafa:

— Se fosse eu que perdesse a cor marrom, não sei se teria forças para suportar tamanha dor. Como eu poderia continuar sendo eu mesmo? Coitada da Brunela... terá de mudar o seu nome e esquecer toda a sua história.

— Andorinha — completa o guarda-roupa Douglas —, não deixe que o cruel tintureiro tinja a história da nossa amiga Brunela Alvarenga. Isso não pode acontecer. Aceitamos transplantes de botões, encurtamento de barras, corte de etiquetas... agora, tingir a nossa identidade, NÃO!!! Um insulto, um verdadeiro insulto.

— Conte comigo, Douglas. Vou ligar já para a tinturaria.

— Mantenha-nos informados, Andorinha.

Com ares de detetive, Maria Andorinha toma o rumo da sala. Pega o telefone e disca, desliga, disca, desliga. Ocupado, ocupado, ocupado. Tenta mais uma hora e... ocupado. Não podendo perder mais tempo, resolve se mexer.

— Dona Tonica, uma irmã minha acaba de chegar lá do Norte e eu estou indo visitá-la.

Rapidamente ela anota o endereço num guardanapo, pega a bolsa e segue para a tinturaria O Salto do Tigre. No fundo, Andorinha sente um pouco de medo e, tremendo nas bases, resolve levantar um monte de empecilhos para justificar para si mesma que de nada vai adiantar ir à tinturaria.

"Não será arriscado ir sozinha, sem nenhuma arma? E se os tigres estiverem sem comer há várias semanas? Besteira, tudo não passa do nome do estabelecimento. Mas será mesmo que eu não vou dar de cara com um monte de tigres?"

6

O salto do tigre

Na entrada da tinturaria há dois pedestais sustentando duas esculturas de tigres, um em cada lado da porta. Andorinha apressa o passo e entra sem olhar para os lados, apavorada. Assim que entra, vê uma cristaleira fechada com vários tigres de porcelana. Alguns até numa posição preparando o salto. Instintivamente, o olhar da Andorinha vai percorrendo a cristaleira, caminhando pelas tábuas do chão, sendo atraído para uma tigela de leite com a inscrição: "Tigrinho".

— AAAAAAAHHHH!!!!!! SOCORRO!!!! AQUI TEM TIGRE DE VERDADE!!! AAAAAAHHHH!!!!!! AAAAAAAHHH!!!!!!

Aparece o tintureiro, aflito, querendo saber o motivo de toda aquela gritaria.

— Calma, senhorita, o que está acontecendo?

Tremendo de medo, Andorinha aponta o dedo para a tigela.

— AQUI TEM TIGRE DE VERDADE!! OLHA LÁ!! AAAAHH!!!!!

— Tenha calma, senhorita. É o leite do nosso gato, o Tigrinho.

— Ah, então vocês não têm tigres?

— Só aqueles na porta e os que estão na cristaleira. Acalme-se, vou trazer um copo-d'água com açúcar para você.

Mais tranquila depois de beber a água açucarada, Andorinha se dá conta do papelão que acabara de fazer. Ainda sem jeito, ela arruma os cabelos e observa mais detidamente a figura do tintureiro, o Chin Chan Chun. E surpreende-se com um semblante cheio de harmonia, vigor, saúde. Uns olhos alegres, negros, cantando uma melodia que ela não consegue ouvir direito. Andorinha sente uma curiosidade em conhecer melhor a melodia que aqueles olhos negros cantam, sente um desejo de deslizar a sua mão sobre a pele macia do tintureiro. E esse desejo fica formigando na sua mão, e ela só consegue sorrir.

Ele também sorri.

— Sinto muito pelo susto que a senhorita levou. Mas, diga-me, em que posso ser útil?

— Primeiramente, senhor Chin Chan Chun, quero saber por que o senhor deu este nome para a tinturaria.

— Ah, sim, mas antes quero saber qual o seu nome.

— Andorinha. Maria Andorinha.

— Pois então, Andorinha, há momentos na vida em que a gente tem que dar um salto, crescer. Um salto audacioso e corajoso como o salto do tigre. E é preciso saber o instante certinho do salto, porque as boas oportunidades dificilmente passam uma segunda vez pelo nosso caminho. E se o tempo do salto passa, a coragem do tigre também passa e ele fica fraquinho, todo encolhido, esperando outra oportunidade para saltar.

— Espere um pouco. Se nós não somos tigres, como vamos saber quando vale a pena saltar?

— Quando uma decisão a deixa mais feliz consigo mesma, significa que você está diante de um salto que trará coisas boas para a sua vida. Agora, quando uma decisão a deixa na dúvida, triste e distante das coisas que você quer, significa que não deve saltar, mas esperar o verdadeiro salto. Uma sutil diferença entre a dúvida e a certeza, entre o medo e a coragem de conhecer e amar a si própria. Entende?

— Interessante... Mas não vim aqui só para fazer esta pergunta. O que quero é meio complicado de explicar. Acredito que o senhor entenderá.

Toda esbaforida com o calor, dona Julieta sai lá dos fundos da tinturaria.

— Chin, não está na hora da minha acupuntura?

— Suba para o consultório que já estou indo. Só vou acabar de atender a Andorinha.

— Está bem. O quê?! Você, Andorinha?!? Eta mundo pequeno!! Bem, vou subir. Viu, Andorinha, fale para dona Antônia que depois eu ligo para ela porque fiquei sabendo de um "causo" de arrepiar.

— Falo sim.

Dona Julieta sobe a escada e desaparece na curva do corredor.

— Cá entre nós, o senhor precisa é espetar a língua dela para ver se ela para de falar tanto assim. Fofocas à parte, o caso é que já faz um tempinho que eu trabalho para uma freguesa sua, a dona Antônia, e a semana passada ela mandou uma blusa amarela de renda para tingir e um terno para passar e...

Chin ouve a história toda.

— De maneira nenhuma, nem me passou pela cabeça que você seja louca. Nós aqui também conversamos com as roupas. Mas eu não posso entregar a Brunela para você. A única coisa que podemos fazer é comprar uma blusa igual e tingi-la no lugar da Brunela. Aí você leva a Brunela sã e salva para casa e eu mando a outra blusa tingida para a dona Antônia, que nem vai notar a diferença.

— Perfeito!! Só temos um problema. Em que loja vou encontrar uma igualzinha?

Foram ver a etiqueta: Sétimo Céu – Roupas Finas e Acessórios.

— Não, esse não é o nosso problema. Nosso problema será pagar outra blusa igual a esta.

— Quer dizer que você conhece a loja?

— Não fica muito longe daqui. Gostaria de ir com você, mas o Min saiu para fazer algumas entregas e eu não posso deixar a tinturaria. Peço que aceite esse dinheiro para ajudar na compra da blusa. Fique despreocupada porque não estou precisando dele e, no dia que for possível, você me paga.

— Nem sei como agradecer essa sua gentileza, essa sua compreensão…

— O futuro cuidará de tudo, Andorinha, até mesmo de agradecer.

Chin indica o trajeto, o ônibus que ela deve pegar e promete uma sessão de acupuntura gratuita, se ela voltar no dia seguinte.

7
Por um triz

MARIA ANDORINHA, VENHA CÁ!!!! Dona Julieta acabou de ligar e disse que você estava na tinturaria. Fazendo o quê? Por acaso você não falou que ia visitar a sua irmã que chegou do Norte?

— Veja a senhora que coincidência, dona Tonica, minha irmã trabalhando para o senhor Chin. Esse mundo é tão pequeno que…

— … a gente não pode aprontar, né, Andorinha? Porque mentira vem sempre à tona, não adianta esconder, que um dia a corda arrebenta.

— E sempre do lado dos mais fracos.

— Do lado dos mentirosos, isso sim. As famosas pernas curtas da mentira.

— Viu, dona Antônia, mudando nossa conversa de pato para ganso, minha irmã foi assaltada na rodoviária por um assaltante mascarado e hoje vou dar uma passadinha lá para levar umas roupas e um dinheirinho para ela. Aí que está o xis da questão: a senhora não poderia fazer um adiantamento do pagamento para eu levar para minha irmã?

— Faço sim. Só que não estou engolindo essa de assaltante mascarado.

— Dou minha palavra. Olha… juro… hum… hum…

— Não precisa fazer o sinal da cruz, sua exagerada. Toma. Isso é o que eu posso adiantar.

— Obrigada, patroa.

Pelo jeito, juntando o dinheiro que o Chin e a patroa tinham emprestado, mais outro tanto que ela vinha guardando, com certeza conseguiria comprar a blusa, pensou Andorinha.

E toca a Maria Andorinha para a Sétimo Céu. Em compensação, Antônia fica tão esgotada com a ligação de quase duas horas e meia da dona Julieta que resolve dar uma saída, tomar um ar, quem sabe um pulinho no amigo Pierre la Fonfon.

Andorinha empurra a porta da loja e ouve um sininho. Aparece um homem alto, magro, com duas fatias de pepino nos olhos. Cuidadosamente, ele retira as fatias do rosto e arregala bem os olhos, para enxergar a cliente que acaba de entrar.

— Boa tarde, senhorita. Já nos conhecíamos?

— Que eu me lembre, não.

— Que importância tem isso agora? É a ocasião de nos apresentarmos. Sou Pierre la Fonfon, mais conhecido como Fon, às suas ordens.

— Sou madame Maritaca la Cancã, mais conhecida como Maricã. Venho à sua formosa loja à procura de uma blusa amarela de renda, sem mangas e com o decote taça de vinho.

— Tenho uma última. Estava encomendada... mas... mas... você pode levar. A freguesa que ia ficar com essa blusa apitou, bateu com as dez. Coitada... comeu tanto que até estourou. Só que o tamanho é MGE. Muito Grande Enorme, não tem problema?

— Posso vê-la?

— Onde é que eu a coloquei mesmo? Ah, bem aqui embaixo. Esta aqui. Serve?

— Só tem esta?

— Só.

— Então... serve. E qual o valor, por gentileza?

— Deixe eu somar: o preço da blusa + o aluguel da loja + conta do telefone + curso de natação + ... Dá uns mil e quinhentos. Posso dividir em duas vezes, quer?

— Não há necessidade. Pago à vista.

Maria Andorinha retira da bolsa um porta-níqueis velho e surrado. Pierre fica gamado no charme com que madame Maricã abre o fecho do porta-níqueis e retira o dinheiro de dentro dele. Rapidinho Pierre trata de puxar conversa.

— Lindo esse seu porta-níqueis. Deve ter muito valor afetivo para você.

— Verdade. Ele pertenceu à primeira geração da família La Cancã.

— Talvez eu esteja até sendo impertinente, mas você não gostaria de trocá-lo pela blusa?

— Gostei da ideia. Eu topo.

Madame Maricã entrega o porta-níqueis ao Pierre, agradece e toma o rumo da tinturaria com a blusa MGE. Dois minutos depois, dona Antônia entra na loja.

— Nossa, Nica, que aspecto de cansaço! Muita correria?

— Mais ou menos, Fon.

— Já sei!! Você veio tomar um banho de loja, renovar todo o guarda-roupa para levantar o astral, não é?

— Nada disso. Só passei mesmo para dar um oi.

— Então, oi.

— Oi.

— Rá-rá-rá-rá-rá-rá...

— Agora, tchau. Preciso fazer o supermercado e pegar umas roupas na tinturaria.

— Tchau.

Depois de se espremer como uma sardinha no ônibus e tomar um tremendo de um toró, Andorinha finalmente chega à tinturaria, toda ensopada. O Chin empresta um vestido de uma freguesa para ela vestir e pede para ver a blusa de renda comprada na Sétimo Céu.

— Mas, Maria Andorinha, essa blusa é Muito Grande Enorme. A dona Antônia vai suspeitar!

— Eu sei. É que só tinha esta e eu nem a comprei, fiz uma troca, mas depois eu explico esta história. Aliás, aqui está o seu dinheiro. Obrigada. Mas, voltando ao assunto, fale para a minha patroa que a blusa alargou e que você não teve culpa e que tudo não passou de uma fatalidade.

E foi só falar na dona Antônia que ela apareceu. Numa fração de segundo, Chin esconde a blusa no meio de uns lençóis, dentro de um cesto. E sorte que a Andorinha enruga toda a testa com o susto que leva.

— Boa tarde, senhor Chin. É só eu sair sem guarda-chuva para cair essa tromba-d'água. Nossa, mas que cristaleira maravilhosa, mas que perfeição, que capricho, e como está conservada... Qualquer dia desses posso fotografá-la, senhor Chin? Ah!! Você deve ser a irmã da Maria Andorinha! Como vocês são parecidas. Por um acaso, vocês são...

— ... gêmeas idênticas. Exatamente, a senhora matou na mosca. Bem que a Andorinha disse que a senhora era bem viva, que pescava as coisas no ar. Por falar nisso, a Andorinha acaba de passar por aqui e deixou um dinheiro e umas roupas comigo. Viu, dona Antônia, obrigada pelo adiantamento que a senhora fez para minha irmã.

— Que é isso? A gente faz o que pode. Mas e você, já se recuperou do susto?

— Ainda não. Ando tendo uns sonhos horríveis com o assaltante mascarado.

— Que desagradável isso… Até que você não é tão parecida com a sua irmã. Muda a testa, a voz mais fina. A testa da Andorinha não é tão franzida desse jeito e ela tem uns pés de galinha bem acentuados, que você não tem.

— O calor do Norte, dona Antônia, deixa a testa da gente uma sanfona.

— Acredito. Mas, Chin Chan Chun, posso dar uma ligada lá para casa e pedir para a Andorinha ir adiantando o jantar? Mas que encanto de cristaleira…

— Acho que minha irmã ainda não chegou.

— Não custa tentar.

— Vá tentando aí que eu vou mexer a canja do senhor Chin.

Andorinha corre para uma sala nos fundos da tinturaria e pega a extensão.

— Oi, do… na… An… tô… nia…

— Calma, respira primeiro, depois fala.

— Pronto. É que corri para atender ao telefone, acabei de pôr os pés em casa. Acho que o telefone da senhora está com defeito, continua chamando. Viu, minha irmã ficou superagradecida com o dinheiro que a senhora adiantou para mim e que eu dei para ela.

— Que bom. E como ela se chama, Andorinha?

— Rolinha.

— Bem, era o que eu queria saber. Pode ir adiantando o jantar que a gente conversa mais tarde.

Dona Antônia coloca o fone no gancho e a empregada do Chin, inventada de última hora, aparece na porta segurando uma colher de pau.

— Ei, só por curiosidade, qual o seu nome?

— Maria Rolinha.

— Ah… sei. Uma andorinha e uma rolinha. Deixa quieto… Mas, senhor Chin, minha blusa ficou bonita?

— Olha, dona Antônia, nem cheguei a tingir. Deu um piripaque na máquina de lavar e algumas roupas alargaram. Quer ver o tamanho que ficou a sua blusa? Devo reconhecer que o erro foi nosso, todo nosso. Com esse campeonato de futebol as máquinas não pararam, dia e noite funcionando. Deixa eu abri-la para a senhora…

— Santo Deus, como isso foi acontecer? Que irresponsabilidade…

Eu não quero nem saber se jacaré tem orelha; quero a minha blusa de volta, do jeito que ela era. Amanhã bem cedo, exatamente às oito, peça para o seu filho Min Mang Mung levar a minha blusa encolhida e tingida da cor que eu pedi. Fui clara ou precisarei envolver a polícia?

Dona Antônia sai pisando duro e a pobre da Maria Andorinha suspira aliviada. Suspira e se lembra de que deveria estar em casa para receber a patroa. E o Chin, que já está perdido de amores pela Andorinha, pede a um amigo seu, piloto de helicóptero, que a leve para casa. Andorinha destroca de roupa e sai ensopada mesmo. E quando dona Antônia chega, alguns vizinhos estão em volta da sua casa, contemplando um helicóptero levantando voo e ganhando o céu.

Durante a madrugada, na tinturaria, o Tigrinho pula dentro do cesto dos lençóis e a blusa amarela de renda tamanho MGE enrosca nas suas unhas. Tigrinho quer saltar e percebe que está preso na renda. Um puxão daqui, outro puxão dali, e a brincadeira acaba ficando deliciosa. Um puxa-que-puxa-que-rasga-que-embaraça-que-desfia, uma delícia de brinquedo, tão interessante quanto um novelo de lã. Rasga-que-desfia-que-alarga-que-embaraça. O brinquedo fica tão arruinado que Tigrinho resolve abandonar a estraçalhada blusa no bal-

cão e pula a janela, em busca de uma nova aventura.

8

Um beijo no consultório

Às oito e dez da manhã, Min Mang Mung toca a campainha de dona Antônia. Um tanto sem jeito, não sabe o que falar e o que fazer com as mãos, com tanto nervosismo.

— Bom dia, dona…
— Poxa, finalmente. Estava quase ligando. E cadê? Isso??!!?
— Eu posso expli…
— O que vocês fizeram com a minha…
— Dona Antônia, o nosso gato, o Tigrinho, entrou…
— Não quero explicações. Fui uma burra de deixar minha blusa com vocês, uns tintureiros tão desqualificados!
— Nós cobriremos o prejuízo.
— Não quero dinheiro. Vou ligar agora…
— Por favor, freguesa, não há necessidade de levar o caso para a polícia. Já que a senhora não quer dinheiro, nós deixamos a cristaleira de que a senhora gostou, e que já está aí na perua, e não se fala mais nisso.
— Bem, nesse caso a coisa muda de figura.

A conversa estende-se um pouco mais. Min vai buscar a cristaleira e Antônia fica admirada por eles deixarem até os tigres de porcelana. Na verdade, nem dá para comparar o valor de uma blusa, mesmo sendo ela de grife, com o valor de uma cristaleira. Acontece que Chin está caído de amores pela Andorinha e deixar a cristaleira na casa de dona Antônia é uma forma de fazer Andorinha refletir sobre a questão do salto do tigre. Quem sabe assim ela fica mais encorajada para saltar e viver um romance. Um empurrãozinho, digamos. E assim, Min acomoda a cristaleira na sala. E no lugar em que a cristaleira é colocada, ela consegue ver um forte e simpático guarda-roupa no fundo do corredor. E, de seu lugar, Douglas vê chegando uma encantadora e delicada cristaleira. Sorte que a colocaram encostada na parede da sala e, do lugar em que ele está, consegue vê-la direitinho, sem perder um detalhe. Um pouco inibido, Douglas arrisca um sorrisinho. A cristaleira chinesa retribui o

43

sorrisinho com um baita sorrisão escancarado e faz uma mesura, um galanteio para o guarda-roupa, inclinando todo o seu corpo para frente.

— Min, a cristaleira está caindo!!! Segura!!!!!

— Nossa, dona Antônia, mais um segundo e ela espatifava com tudo no chão.

— Santa Maria, meu coração está disparado. Você tem um bom reflexo, Min.

— Meu pai costuma falar que eu sou rápido no gatilho, que não perco tempo. E já que ficamos acertados e que a senhora não levará o caso para a... a... a... a senhora sabe, estou indo, e mais uma vez, peço desculpas pelo que aconteceu com a sua blusa.

— Fazer o que, não é?

— Ossos do ofício, dona Antônia.

— É.

Mais aliviado, Min deixa a casa da freguesa. O guarda-roupa Douglas aproveita que dona Antônia vai ao portão acompanhar o filho do tintureiro e puxa um dedinho de prosa com a cristaleira.

— Ei, cristaleira chinesa, qual o seu nome?

— Lisonjeira Teresa. Mas todos me chamam de Lis. Acho que por causa da flor-de-lis, que é uma flor que eu amo de paixão. E você, mora há muitos anos nesta casa?

— Fui um dos presentes que seu Eduardo e dona Antônia ganharam no casamento. Gosto daqui e, depois que a Maria Andorinha veio trabalhar nesta casa, as coisas melhoraram da água para o vinho. Acho que estou meio tonto, não é possível. Você ouviu o que o filho do tintureiro falou? Não consigo acreditar... Tão nova a blusa amarela de renda, a Brunela Alvarenga... Tão nova para morrer assim, de bobeira.

— É uma armação, seu bobo. Essa tal Andorinha, a paquera do Chin, levou uma blusa larga e pegou...

Antônia entra em casa e corta a conversa dos dois. Mesmo tendo recebido a cristaleira para acobertar o caso, ela sente uma ponta de saudade da sua blusa amarela de renda e, inconformada, retira-se para o seu quarto, fecha a porta, abre o guarda-roupa e chora, chora. Lis também fica triste ao descobrir uma porta entre ela e o charmoso guarda-roupa. Dona Antônia puxa a gaveta das camisas finas e lá deposita os restos do que ela imagina ser a Brunela Alvarenga, sua blusa amarela de renda. Assim que as roupas veem os restos mortais de Brunela, desatam a chorar, rezar e lamentar. Coitada, está irreconhecível, um trapo. Douglas não pode comentar os fatos que ouviu da cristaleira chinesa, uma vez que dona Antônia não sai do quarto. O clima de velório atravessa a tarde toda e segue noite adentro. As roupas e os calçados nunca haviam passado por uma situação dolorosa e constrangedora como aquela. O pior é que Andorinha não pode entrar no quarto de dona Antônia e contar a verdade, porque a patroa não arreda pé, passa a tarde inteira trancada e desolada.

Quando amanhece, as roupas e os calçados estão com profundas olheiras. E Andorinha está tinindo de dor de cabeça. Havia franzido tanto a testa no dia anterior, que um sino irritante continua martelando e badalando em seus pensamentos. Toma uma chuveirada fria, sente-se refeita. Faz o café e vai à padaria. E só quando volta da padaria é que percebe a cristaleira na sala de dona Antônia. Mas o que a cristaleira do Chin está fazendo ali? Andorinha acaricia o móvel e sente a pele macia do seu amado. Olha os tigres de porcelana e compreende que está na hora de dar um grande salto. Estranho, quantas coisas acontecendo de uma só vez em sua vida. Emocionada, Andorinha volta à cozinha para cuidar de seus afazeres. No fundo, ela não vê a hora de passar todas as informações para o Douglas, as roupas e os calçados. E, antes de começar a arrumação da sala, tem o cuidado de verificar se a Brunela Alvarenga continua no meio de seus guardados, bem escondida.

Finalmente, depois de quase dois dias de confusão, a Maria Andorinha pode abrir o Douglas. Quando descobre que eles estão velando a Brunela, cai na gargalhada. Aquela sua gargalhada debochada, fora de hora, irrita profundamente a todos e causa certa estranheza. Andorinha acaba indo buscar a Brunela, que mata a saudade de todos os amigos. E a Brunela fica chateada porque não poderá mais morar naquele guarda-roupa, que passou a ser como um lar para ela. Pelo menos ela não perdeu a sua personalidade e o seu nome de batismo. Agora pode dormir descansada que não amanhecerá cor de laranja.

— Dona Antônia, sinto muito pelo que aconteceu com a blusa amare...

— Até você já sabe?

— Não, ainda... quer dizer... sei sim, liguei agora pa...

— ... a sua irmã gêmea, a Rolinha, que é a sua cara. E eles disseram que, para eu não levar o caso à polícia, me deram a cristaleira. Foi isso que eles disseram, não foi?

— Foi.

— Sabia.

— Inclusive hoje à tarde vou dar uma passada lá. A senhora quer que eu mande algum recado?

— Obrigada, Andorinha, não precisa não. Escolha uma música bem alegre para a gente ouvir e vamos pôr uma pedra nesse assunto.

— Tem razão, Dona Antônia, posso fazer uma pergunta para a senhora?

— Até duas.

— A senhora acha que eu já tenho pés de galinha?

— Imagina, Andorinha, você tem uma pele de cetim.

— Mesmo?

— Mesmo.

À tarde, Maria Andorinha perfuma os cabelos, o rosto, as mãos e coloca nas costas um xale lindo de morrer. Um xale colorido que tinha comprado fazia tempo e só estava aguardando uma ocasião especial para usá-lo. Vai até a cristaleira e aprecia a sua imagem nos vidros limpos das portas. Solta os cabelos, deixando-os escorrerem livremente pelos ombros. Uma nuvem passa por cima do sol e a sala escurece. Andorinha deixa de ver a sua imagem nas portas da cristaleira e passa a ver, com total nitidez, os tigres desejando saltar. No mesmo instante, sente um friozinho no coração, uma sensação diferente. Como se estivesse levitando no ar, mesmo estando com os pés no chão. Como se ela estivesse ouvindo uma música dentro dela, a música dos olhos negros do Chin. A nuvem passa e a sala clareia. E ela sorri para a sua imagem refletida na cristaleira. Sim, sente-se bonita, feliz. Sorri para si, Maria Andorinha. Sente que está preparando um salto. Que está amando.

Chin aguarda Andorinha em seu consultório. Separa um jogo de agulhas para fazer a primeira sessão de acupuntura naquela mulher que faz despertar dentro dele um sentimento de paz, profunda alegria e amor. Passa um pano com álcool na cama em que ela se deitará, ajeita o consultório e levanta o vidro da janela. Por um instante tem a impressão de que Andorinha chegará voando, pelo céu, e ele não pode evitar que o vento entre no consultório trazendo uma sensação de que alguma coisa linda está para acontecer.

Chin ama demais a profissão que aprendeu com o pai. Ama ainda mais, por ser uma forma natural de curar as pessoas e por lembrar o seu país. Chin está descobrindo que o seu coração sente falta de amar outras coisas além da profissão. Sabe o que é, exatamente quem. Uma certeza que ninguém poderá tirar de dentro dele. Sente uma enorme gratidão pela falecida esposa e sente também que agora é um homem livre, que pode seguir outro caminho, que não precisa mais continuar convivendo com a sua viuvez, conversando com a sua solidão. Olha para o espelho e nota um brilho novo em seus olhos negros. Sente-se bonito, como há muito tempo não se sentia.

Uma força estranha desprende os pés de Andorinha do chão. Ela fica acima da cristaleira e percebe que o seu corpo flutua, sem esforço algum. Levanta a janela e voa para o único lugar do mundo onde gostaria de estar naquele momento e onde já está todo o seu coração.

E, assim, uma andorinha pousa no peitoril da janela de Chin. Ele estende a palma aberta e a andorinha pula para a sua mão. Não, ela não é um passarinho; é uma mulher, Maria Andorinha, uma mulher cheia de amor e que quer amar, ser amada, fielmente amada. Chin a aperta em seus braços e os dois buscam o mesmo beijo. Um beijo que ilumina o consultório.

— Maria, desde aquele primeiro momento em que vi você gritando aqui na tinturaria, passei a sonhar com esse beijo.

— Se você soubesse o quanto eu gostaria de receber esse beijo naquele nosso primeiro momento, você teria me beijado, Chin.

— No fundo, eu tive medo de amar outra vez. Depois que a minha esposa faleceu, pensei que nunca mais amaria outra mulher.

— E hoje, você continua com esse medo?

— Não, agora não mais. Nosso amor derrubou esse medo. E hoje, eu só quero reverenciar a grandeza deste nosso amor.

— Então, Chin, me beije mais uma vez para eu ter certeza de quanto o nosso amor é grande e forte.

— Você quer casar comigo, Maria?

— Claro que eu quero.

— Sinto que demos um grande salto.

— Sim, Chin, o salto do tigre.

E tanto os lábios de Andorinha como os lábios de Chin foram ao

encontro de um beijo atemporal, um beijo cheio de certeza e amor.

9
Os preparativos

Os presentes para Andorinha e Chin não param de chegar na casa de dona Antônia. Montanhas de faqueiros, liquidificadores, batedeiras, CDs e esculturas de tigres. E, em meio a tantos mimos e fricotes, chega uma caixona e uma carta da Lu Peixinha. Na caixa, uma máquina de lavar de última geração e na carta, as seguintes palavras:

Para dona Antônia e seu Eduardo:

Olá! Vocês ainda se lembram de mim? Como andam as coisas por aí? E o antiquário, crescendo? Por aqui as coisas vão bem. Casei com o Arthur e ele montou uma rede de assistência técnica. Com isso, pudemos comprar uma mansão bem em frente à praia. Todas as tardes vamos ver o mar; daí, nos sentamos numa esteira que eu mesma fiz, com uma braçada de junco que peguei perto do Morrinho dos Milagres. É tudo tão romântico que o Arthur nem leva a bombinha de hálito sabor cereja para a praia.

Novidades!! Tivemos dois filhos. O primeiro filho, eu queria que nascesse menina para dar o nome de Antônia, em sua homenagem, dona Antônia, mas como nasceu menino acabei dando o nome de Antônio. Já o segundo filho, nasceu menina e, como já tinha Antônio, resolvi dar o nome de Eduarda em consideração ao seu Eduardo. Ah! O Arthur está fazendo faculdade de Oceanografia e eu estou estudando Mitologia Grega, para conhecer melhor a origem das novelas. Mas essas e outras coisas quero contar pessoalmente.

Por isso, queremos que vocês venham nos visitar. A nossa mansão tem nove quarto de hóspedes. Assim vocês descansam à vontade e passam um final de semana conosco. Estamos mandando de presente para vocês uma moderna máquina de lavar porque, se não fosse a correia da máquina de vocês arrebentar, eu e o Arthur nunca teríamos nos conhecido.

Segue também o nosso endereço, e-mail e MSN. Enfim, não aceitamos desculpas para que não entrem em contato conosco e ponto final.

Até breve e um superbeijo da Lu Peixinha e um superabraço do Arthur.

Andorinha resolve fazer uma surpresa para dona Antônia. Anota o *e-mail* da Peixinha e pede ao Min que envie um convite virtual para os dois, convidando-os para padrinhos. E eles chegam bem antes do casamento. Chegam num carrão de oito portas com um baita rabo de peixe. Um luxo. Tinham feito reservas num hotel, mas dona Antônia faz de tudo para eles e os filhos ficarem em sua casa.

— Obrigada, dona Antônia, aqui é tão espremidinho que nós vamos incomodar.

— De maneira alguma. A casa é de pobre, mas vou ficar ofendida se vocês não ficarem.

— A senhora continua um amor. Já que é assim, nós ficamos. Arthur, a dona Antônia nunca reclamou quando eu ficava vendo televisão. Foi bem aqui, neste sofá, que eu aprendi a sonhar alto. Eduarda, Antônio, a mamãe trabalhou nesta casinha apertadinha antes de casar com o papai. Eles não são lindos, dona Antônia?

— Sem dúvida. Uns doces.

— Peixinha, fico muito feliz por você ter aceito o nosso convite.

— Nós que agradecemos, Andorinha. Trouxemos um presente de casamento para vocês. Abra.

Andorinha chacoalha a caixa para ver se o presente faz barulho. E faz. Chin agarra a ponta da fita e desmancha o laço azul. E dona Antônia, morrendo de curiosidade, levanta a tampa. Havia uma lata e, dentro dela...

— Fizemos questão que fosse um presente simples.

— Que lindo, Peixinha!!! Quantos caramujos!! Olha este que diferente!

— Nós quatro fomos ontem à praia e catamos todos eles. É para vocês ouvirem o mar a qualquer hora do dia.

Chin enxuga os olhos e diz:

— Um sábio presente. Não temos palavras para agradecer. Guardaremos como um tesouro precioso.

— O tesouro da amizade, Chin. O Arthur sugeriu que trouxéssemos algo caro. Pensei, pensei e achei mais bonito, mais fino, a gente trazer a prova de que todo sonho pode se realizar.

Dona Antônia põe um caramujo em seu ouvido e um outro no ouvido do marido. Toda contente por ter escutado o murmúrio do mar, ela fala, entre sorrisos:

— Peixinha, vou passar a ver mais novela.

— Faça isso mesmo, dona Antônia. Sonhar é uma das coisas mais importantes do mundo. Sem os sonhos, a vida não caminha.

E todos passam a tarde inteira conversando. Antônio e Eduarda correndo pelo quintal atrás do Tigrinho e os adultos discorrendo sobre os mais variados assuntos, desde máquina de lavar, acupuntura, antiguidades, mitologia, vida marinha, novela, futebol, até religião. Para completar a animação, chega dona Julieta com seu Arnaldo. Peixinha faz questão de vestir um avental e ir para a cozinha fazer carolinas com glacê de caramelo para os antigos patrões. Todos passam uma tarde inesquecível com muita música e as deliciosas carolinas.

Na manhã do dia seguinte, Chin sai com Arthur para comprar um violão. Pretende ter umas aulas depois do casamento. E, do outro lado da cidade, Andorinha e Peixinha batem pernas. Vão fazer a matrícula num curso de meditação porque, assim que passar o casamento, Andorinha vai começar o tal curso. Uma forma de ela conhecer melhor o mundo do Chin. As duas passam numa banca e compram uma batelada de revistas de noiva. Andorinha precisa escolher e fazer o seu vestido até sexta-feira. Não pode bobear, deixar ao deus-dará e, na correria mesmo, folheando as revistas francesas, acaba tendo uma ideia aproximada do que quer. Uma blusa de renda laranja-castanho, a saia creme, um buquê de flores amarelas e um véu com o mesmo tecido da saia.

Como Andorinha vai trabalhar só até sexta-feira para dona Antônia, ela se despede de seu noivo e se retira para o seu quartinho. Chin volta para a tinturaria sem o Tigrinho, porque Eduarda e Antônio imploram que o felino fique com eles até o dia do casamento, até o sábado. Andorinha aproveita o silêncio da casa e tranca a porta para remexer em seus guardados. E lá está ela, bela e formosa, a Brunela Alvarenga, a blusa amarela de renda.

— Brunela, estou com problemas, vou precisar de um favorzinho seu.

— O quê?

— Eu sei que nós duas nos metemos em muitas encrencas para que você não fosse tingida de laranja, quer dizer, de vermelho para ficar laranja. Mas… mas…

— Fale, criatura!

— Acontece que eu vou me casar no sábado e a coisa que mais quero é casar com uma blusa laranja de ren..

— Você quer que eu mude a minha cor?

— Juro que vai ser só para o meu casamento. Prometo. Coloco uma tinta bem porcaria, bem de segunda, que sai na primeira lavada e você volta a ser você mesma, passada a cerimônia.

— Andorinha, não faria isso por mais nenhuma outra pessoa a não ser por você.

— Obrigada, Brunela. Eu sabia que podia contar com sua ajuda.

Na quinta-feira, Maria Andorinha repassa os olhos na sua lista de padrinhos.

1. Dona Antônia e seu Eduardo.
2. Lu Peixinha e Arthur.
3. Dona Julieta e seu Arnaldo.
4. ???????? e ????????

Afoita, relê a lista. E se dá conta de que está faltando um casal. Chin já tinha escolhido os quatro casais da parte dele e agora esse abacaxi. Não, o abacaxi não é bem o casal que está faltando. Intimamente, Andorinha sabe quem ela quer colocar, mas dona Antônia não compreenderá tão facilmente essa sua forma de pensar, de ver o mundo.

Lê a lista pela terceira vez e escreve.

4. Guarda-roupa Douglas e Lis, a cristaleira chinesa.

Afinal, uma noiva manda e desmanda, não é mesmo? Andorinha enche os pulmões de coragem e vai procurar dona Tonica. Conta que conversa com as roupas e com os calçados e que eles respondem, que todos têm nomes e que, por serem seus amigos, faz questão de que todos sejam convidados para o casório. Conta tudo, menos a verdade sobre Brunela Alvarenga. Dona Antônia fica pasma, de queixo caído. Falará primeiro com o marido, antes de tomar qualquer decisão.

Chin e Min forçam um pouco a barra para que o casal entenda o quanto é importante a presença das roupas, dos calçados, do guarda-roupa Douglas e da cristaleira Lis.

Pressionam por todos os lados e dona Antônia e seu Eduardo se veem encurralados, sem saída, e acabam cedendo.

— Convidem e tragam quem vocês quiserem. Faremos uma festança aqui mesmo. Nosso quintal tem espaço de sobra para receber Deus e o mundo.

— Obrigada, dona Antônia. Este é o maior presente que a senhora poderia nos dar.

Tão logo amanhece, Andorinha vai ao brechó de dona Clementina, compra todas as roupas que um dia chegaram a morar no guarda-roupa Douglas e dá uma geral na camisola estrangeira Lola Silveira, que está na pior, enrolada num rodinho ensebado. Quer que ninguém deixe de comparecer ao casamento e à festa. Quer que todos os convidados se empanturrem de churrasco e bolo. Às escondidas, ela tinge a Brunela Alvarenga com uma tinta bem chinfrim e sua roupa fica pronta, mais bonita do que a da revista francesa.

Mas… e… o buquê? Como foi esquecer, deixar para a última hora? Andorinha vai ao quintal e colhe um cacho de flores de um dos ipês. Está tão radiante que nem percebe que uma abelha ressona por entre as flores amarelas do farto cacho.

53

10

Deu a louca no guarda-roupa

O sábado desperta agitado. Todos se empenhando para enfeitar o quintal com guirlandas de flores e balões coloridos e também para erguer um pequeno altar. Uma pena que o tempo se mostre nublado, nem frio nem calor, com algumas nuvens escuras no céu. Concluído o serviço, todos disparam para suas casas, banham-se, perfumam-se e trocam a roupa de briga pela de festa.

Os padrinhos vão chegando e se posicionando no altar, enquanto os convidados assistem a tudo, já devidamente acomodados. De um lado, várias fileiras de bancos com pessoas conversando discretamente. Do outro lado, varais estendidos com as roupas de seu Eduardo e de dona Antônia, mais os calçados também presos por pregadores. Todos muito limpos, engomados, engraxados e perfumados. À frente, o altar erguido às pressas, com o padre, o coroinha, os padrinhos e o noivo. Ao redor de toda esta cena, os ipês-amarelos sendo agitados pelo vento. E, no chão, as flores-de-lis vermelhas, em harmonia com os ipês.

Peixinha está usando um vestido deslumbrante, com uma cauda imitando sereia. Na ponta da cauda tem um dispositivo que solta três bolhas de sabão a cada segundo. Mas ela só vai ligar o dispositivo na hora da cerimônia. Uma surpresa que ela quer fazer para Andorinha. Madame Fluflu Glugluglu também não fica atrás com seu traje empavonado, de perua de gala. E o casaco estilo pele de onça de dona Antônia, combinando com o chapéu, cai feito uma luva, dando a ela ares de importância. Um chapéu maior do que um guarda-sol, uma extravagância da alta-costura. Isso, sem falar no brilho da cristaleira Lis e do guarda-roupa Douglas, que estão emocionadíssimos de encontrar no quintal tantos ipês-amarelos, a árvore de que Douglas é feito, e tantas flores-de-lis, as preferidas da Lis.

Douglas não cabe em si de tanta alegria. Faz anos que não sai de casa para dar uma voltinha. E agora, aquele vento gostoso batendo em sua cara, incitando a sua vontade de ver todos aqueles ipês-amarelos se soltarem da terra; aquele vento esparramando uma chuva de pétalas, inflamando a sua vontade de sair dançando com cada um dos ipês, com a Lis, a linda Lis, a celebrar a vida, a liberdade.

De repente, um rangido corta as conversas dos convidados. A porta dos fundos da casa se abre e todos voltam seus olhares para o traje e o sorriso da noiva. Dois trompetistas fazem ressoar de seus instrumentos uma música imponente. José Papagaio passa o seu braço pelo braço da filha Andorinha e o coroinha solta um forte assobio, sinal de que eles já podem ir para o altar.

Lu Peixinha se desespera porque o botão do dispositivo emperra, não vai nem para frente nem para trás. Droga, tudo planejado, mais de cinco litros de sabão e nem sequer uma bolha. Peixinha tira o sapato de salto alto e fica forçando o botão com a fivela do sapato. Arthur lhe pede o sapato e dá uma sapatada no botão. Não resolve, e ele dá outra sapatada, outra, outra. E a noiva se aproximando do altar. Peixinha levanta Arthur, calça o sapato e mantém a pose, disfarçando sua aflição. Quando a noiva chega ao altar, José Papagaio beija a testa da filha e, na hora em que vai enlaçar o braço da esposa, Maria Codorna, ele está tão emocionado que tropeça na cauda do vestido da Peixinha. Cai em cima do botão e pronto, desemperra-o, desregulando tudo. Em vez de soltar três bolhas de sabão, o dispositivo desembesta a soltar trinta bolhas a cada segundo. Min ajuda José Papagaio a se levantar. Os convidados aplaudem aquele espetáculo com centenas de bolhas subindo para o céu, aplaudem com tanta força e entusiasmo que acabam acordando a abelha que estava repousando no buquê da Andorinha. Os aplausos também abafam uma trovoada ao longe e a cerimônia tem de prosseguir.

O coroinha dá um beliscão no padre e este, todo desconcentrado, desperta de um rápido cochilo, iniciando sua fala.

— Maria Andorinha, aceita Chin Chan Chun como o seu legítimo esposo?

— Aceito.

O padre se volta para o noivo e procura falar mais alto porque o zumbido de uma abelha está desviando a atenção do casal.

— Chin Chan Chun, aceita Maria Andorinha como a sua legítima esposa?

— Padre, não se mexa, tem uma abelha no seu nariz.

Outra trovoada. E a vontade do guarda-roupa Douglas voltando, uma vontade de desprender os ipês da terra e sair dançando com todos eles. Mais outra trovoada. E a abelha dando voltas ao redor do nariz do padre. Seu Eduardo pede para Arthur a bombinha contra mau hálito e vai atrás da abelha. Mas o coroinha, esperto como ele só, não vacila, pega um antúrio num vaso e bate com tudo a flor no nariz do padre que, louco da vida, sai correndo atrás do menino. A essa altura do campeonato, uns pinguinhos caem na blusa da Andorinha. O padre quer voltar para a cerimônia, desculpar-se com todos e continuar o casamento. Mesmo assim, o desejo de esganar o coroinha impulsiona suas pernas e ele corre feito um outro menino de batina. E a vontade quase explodindo dentro do Douglas. E as bolhas de sabão por todos os lados. Os pinguinhos vão virando garoa e a tinta vermelha, de tão chinfrim, vai saindo da Brunela Alvarenga, escorrendo pela saia creme. Peixinha se delicia com as bolhas saindo da cauda de seu vestido. E a cristaleira Lis toda feliz com tantas flores-de-lis, batendo suas portas de euforia. Maria Andorinha, apavorada, grita para o padre deixar de ser criança, voltar e apressar a cerimônia, enquanto tenta proteger a blusa de tudo quanto é lado. Mas a tinta vermelha continua escorrendo, levando o tom laranja acastanhado e deixando a renda amarela, livre do disfarce.

Nessa hora, o Douglas chega no limite de sua alegria e explode. Sai dançando, rodopiando, radiante, como um bailarino selvagem e apaixonado. Sai dançando e desprendendo as raízes de todos os ipês. E os ipês entregam-se à dança, como se a vida toda eles estivessem esperando por aquele momento de rodopiar. Lis também explode feliz e abre as suas portas para o mundo, para sentir melhor o aroma daquele quintal de flores-de-lis. De suas portas abertas, saltam os tigres, que adquirem tamanho normal. O mais surpreendente é que os convidados pulam nos dorsos dos tigres e ficam saltando de um lado para o outro, em meio a tantas bolhas de sabão. Lis abraça Douglas e enche a sua porta de beijos. Douglas pega Lis no colo e rodopia, sem parar.

Só então cai a ficha de dona Antônia e ela se dá conta de que Andorinha está usando a sua blusa amarela de renda. Os olhos de Antônia encontram os olhos de Andorinha e a fuzilam.

— Não é isso que a senhora está pensando... Eu e o Chin podemos explicar...

— Não é possível, a minha blusa amarela de renda!!! Agora sim estou enxergando tudo mais claro. Pensa que dona Julieta não contou que você fez uma cara de susto quando a encontrou na tinturaria?

— Mentira, Andorinha!

— Fica quieta aí no seu canto, dona Julieta. E a sua irmã lá do Norte, Maria Andorinha? Veio ou não veio para o seu casamento? E a história do assaltante mascarado? Tudo uma farsa, uma armação. Era você que estava se fazendo passar por Maria Rolinha. Pensa que depois eu não associei? Aquele dia o telefone continuou chamando. E aquela história de Brunela Alvarenga, não será essa mulher a líder da sua gangue de farsantes? E tudo isso por causa de uma blusa. Não, deve haver alguma coisa por trás de tudo isso que eu ainda não descobri.

— Dona Antônia, procure entender. Eu precisava salvar a Brunela Alvarenga. Se ela fosse tingida, ela perderia a sua personalidade e não poderia ser chamada pelo nome de batismo.

— Então, por que você a tingiu desta vez?!?

— Eu posso explicar. A Brunela Alvaren...

— Desde quando roupa tem nome e personalidade?

A sandália de verniz Amália Beatriz fica mordida com a insinuação e entra no rolo.

— E não são só as roupas que têm personalidade. Nós, os calçados, também temos.

Pierre la Fonfon segura dona Antônia. Um rebuliço, com a Andorinha tentando contornar a situação, os ipês dançando, as bolhas de sabão estourando com os pingos da garoa, o guarda-roupa dando cambalhotas, a cristaleira colhendo flores, seu Eduardo correndo com a bombinha sabor cereja atrás do padre, o padre correndo atrás do coroinha, o coroinha correndo atrás da abelha cantarolante e a abelha cantarolante correndo atrás de um zangão zangado com aquela correria toda atrás dele. Dona Antônia agarra-se à sua blusa e não quer soltá-la.

— Tire a minha blusa, Andorinha. Você me paga, vou processar você e todos os funcionários da tinturaria por essa traição, principalmente este seu... Me larga, Lu Peixinha, você não tem nada a ver com o peixe!

— Veja lá como fala com o Chin, dona Antônia. Está havendo um grande equívoco. Nós podemos explicar, tintim por tintim.

A festa vira um pastelão. Bolos voando para todos os lados, padre correndo, Tigrinho miando, ipês-amarelos dançando com o guarda--roupa Douglas e com a Lis, calçados pulando de felicidade e roupas esvoaçando ao vento. Dona Antônia, grudada na Andorinha, puxando a sua blusa e chacoalhando a empregada para frente e para trás. A Andorinha sendo chacoalhada e, com tanto chacoalhão, o véu enrosca no chapéu-guarda-sol de dona Antônia. O colete de lã Laerte Oirã desenrosca o véu do chapéu-guarda-sol e os três saem para saltar com os tigres. Chin pega emprestado o celular de Arthur e liga para seu amigo piloto de helicóptero. Pede socorro. Rodopios, correria, dança, tigres, convidados melecados de *marshmallow* e helicóptero pousando, tudo ao mesmo tempo. Dona Antônia leva uma bolada de chocolate e fica zonza, tentando equilibrar-se nas próprias pernas. Chin aproveita, puxa Andorinha e pulam para dentro do helicóptero. Tudo tão depressa, que seu Eduardo mal tem tempo de limpar o rosto de dona Antônia e o helicóptero sobe, levando o apaixonado casal para uma lua-de-mel em Pequim.

O rebuliço atinge o seu auge com os calçados pulando de euforia, as árvores rodopiando, as flores-de-lis brincando com as bolhas de sabão, os tigres saciados de churrasco, os convidados lambuzados, as roupas cantando, e todos acabam caindo na gargalhada, indo buscar as cumbucas de arroz para jogar para o alto e desejar muitas felicidades para os pombinhos, que partem em lua de mel no helicóptero.

E, lá de cima, os pombinhos acenam, sorriem e agradecem a animação da festa. Eles têm certeza de que, quando voltarem, serão bem recebidos pelos amigos e que todo aquele mal-entendido da Brunela Alvarenga será esclarecido. Eles sabem também que, a partir daquele dia, estarão dando saltos e mais saltos de felicidade. Afinal, a vida está apenas começando para os dois.

11

Marta Lagarta

No mês seguinte, dona Antônia coloca na porta de sua casa uma plaquinha: "Precisa-se de empregada que tenha personalidade e que saiba conversar com as roupas e os calçados." Cinco minutos depois, dona Antônia vê da janela uma mulher calma empurrando um mundo de malas. A mulher para, enxuga o suor do rosto e lê a plaquinha.

— Bom dia, a senhora ainda precisa de...

— Cruzes!! Para que tantas malas assim?

— É que tenho verdadeira fissura por quebra-cabeças. E quanto mais peças eles têm, mais vontade eu tenho de ficar quebrando a cabeça para montá-los. E essas malas todas são o meu divertimento, os meus quebra-cabeças.

— Mas a sua cabeça funciona bem, não tem nenhuma rachadura?

— Boa essa. Gostei da senhora. Meu nome é Marta Lagarta.

Marta estende a mão para um cumprimento e dona Antônia acolhe o gesto.

— E o meu é Antônia. Vou abrir a porta para você, Lagarta. Assim nós conversamos mais à vontade. Acabo de coar um café. Acho que você veio guiada por este cheirinho bom.

— É, dona Antônia, a vida é como café, tem um cheiro bom demais.

O telefone toca.

— Lagarta, vai entrando e pondo suas malas para dentro. Só um minutinho, coloque as malas no chão. Isso. Alô? Ooooiiiii, Andorinha. Sim, estou boa. E vocês? Já voltaram!! Não, de maneira alguma, não estou com um pingo de raiva de vocês dois. Passou. Foi só na hora. O Min, a Peixinha e o Arthur estiveram comigo no dia seguinte e nós conversamos muito. Sei... entendo... Não, pode ficar com a Brunela Alvarenga. Faço questão. Que bom. Venham sim, estarei aguardando. Outro. Tchau.

Dona Antônia volta-se para Lagarta e comenta:

— Uma amiga que chegou de lua de mel.

Ainda emocionada com a ligação, ergue o bule e despeja café em duas canecas.

— Mas venha conhecer a casa. Pode trazer a caneca.

E as duas saem pela casa, uma conhecendo a maneira de ser da outra. Marta quase tem um troço quando vê o quintal; fica extasiada.

— Mas que beleza de quintal espaçoso, dona Antônia. Dá para fazer um campeonato nacional de montadores de quebra-cabeça. Já estou até imaginando que campeonato badalado. Se a senhora quiser, a gente pode ganhar uma grana lascada com esse negócio.

— Podemos pensar no assunto.

E tanto dona Antônia como Marta caem na risada. No fundo, elas têm lá suas dúvidas sobre o que o futuro prepara para elas.

Jonas Ribeiro

Criar histórias já faz parte do meu jeito de ser. É muito comum eu sentir o meu coração escritor me puxando para novas façanhas. São confusões com personagens, emoções e uma inquietude absurda. Uma sensação deliciosa a de estar mergulhado de corpo e alma em uma nova história, tanto é que fico sempre chateado quando coloco o ponto final. Estranho demais ficar sem escrever, sem conversar com as personagens, rir e chorar com elas. Um vazio me engole quando atravesso uma fase sem escrever uma linha sequer. Perco o chão, o rumo, a alegria. Por outro lado, quando uma história nova anuncia a sua chegada, o mundo todo cintila, ganha cores, flores, uma beleza desigual.

Foi com felicidade que escrevi **Deu a louca no guarda-roupa**. Sabe, gente, fico tão contente quando alguém me conta que gostou de um livro que escrevi. Nem dá para descrever o teor dessa felicidade. É algo forte demais.

Moro no Embu-Guaçu, em São Paulo. E é aqui, nesta terra generosa, que converso com silêncios, personagens e puxo o fio da meada de muitas histórias. Escrevi dezenas de livros e vivo viajando. Estou muito satisfeito comigo mesmo, com o rumo que a minha vida tomou, até parece que estou escrevendo uma história bonita com os meus pés, sei lá, tem coisa que perde a graça quando a gente explica demais. O melhor é viver, um dia por vez. Viver, sentir e só.

Suppa

Acho que sei como tudo começou...

Minha mãe é pintora. Quando eu era pequena, ela dava aulas de desenho para crianças, e eu era uma delas. Fui crescendo e desenhar se tornou minha diversão favorita, mas nem imaginava que um dia se tornaria minha grande paixão. Fiz faculdade de Arquitetura e fui para Paris fazer minha pós-graduação. Quando cheguei lá, não parei de desenhar todas as minhas aventuras na cidade, e percebi que estava adorando fazer isso. Juntei meus desenhos e procurei uma escola de desenho, onde fui aceita quase que imediatamente. Era a Ecole d'Arts Apliqués Duperre, onde cursei 4 anos. Virei ilustradora e até hoje ilustro livros, revistas e publicidades.

E mais, sou muito feliz, pois amo o que faço.